KB247242

방금 떠 온 하얀빛

이건우

시인의 말

빛이 있는 곳에는 반드시 그림자가 있다.
그리고 이 사실이 내게 주는 자명한 믿음이 있다.

나의 믿음들은 그림자처럼 곳곳에 있다.

빈 곳에서 날아오는 희고 밝은 것들을 기다린다.
나는 그림자를 앞세워 환하게 걷는다.

2025년 겨울
이건우

방금 떠 온 하얀빛

차례

1부 언제나 조금 더 먼 것처럼 우리는

2부 숲은 오래 머무는 밤 같다

3부 여름은 빛나고 축축합니다

4부 방금 떠 온 하얀빛

빛을 보기 위해서는 빛이 필요하다.
—에마뉘엘 레비나스, 『전체성과 무한』

1부

언제나 조금 더 먼 것처럼 우리는

탐지견

먼발치에 빛이 머문다

네가 찾아오는 꿈을 꾸었다

빛과 함께였다

얼굴을 핥는 아침

빛이 꼬리를 흔들며 바짓단을 문다

빛에 걸려 넘어진다

먼발치는 멀고

빛은 머문다

빛이 짖기 시작한다

어거스틴

8월의 빛은
늘 따라붙습니다

중력처럼

살고자 할수록
검게 익습니다

등이 타 죽습니다

열과 불
불과 열

영혼과 생명

돋보기와 잿더미
등 뒤에 놓아둔

그러나 빛은
중력을
가릴 수 없습니다

집어 들고 읽습니다
돋보기를
그림자를

나무 그림자
무화과나무
그림자
열매
열매를 얻고자

등 뒤의 그림자

기다립니다
중력을

믿습니다

8월
잿더미의
저녁녘

더 쌓이지도
줄지도 않는*

무화과가
익어 갑니다

* 김종삼, 「잿더미가 있던 마을」 변용.

스티커

태양이 스텐실을 하는 낮

나는 낯가림이 심해
고개를 들 수가 없었다

거리엔 온갖 것들의 밤

모든 얼굴은 사실 구멍일 뿐이라고 믿게 되는
믿어야만 하는 시간 달을 닮은 손톱으로 바다을
긁었다 계속 긁었다

오늘은 테두리가 단단한 밤을 많이 모았다

모두 장롱에다 붙였다

엄마에게 혼이 났다
그림자는 한번 붙고 나면 떼어 내기 힘들다

그렇고 그런 밤이 찾아올 것이고
내일의 테두리는 무를 것

모두가 고개를 보다 더 치켜드는 날이 될 것이며
테두리 없이 아주 거대한 밤을
벗겨 내는 연습을 할 것

노란 유분지에도 태양은 스텐실을 할 수 있을까

밤들이 덕지덕지 붙은 장롱
삐져나온 노란 실크

장롱 문을 열면
낯이 익을까

세상의 속지를 덮고 자는
한낮의 얼굴

크림

커피가 거기서 거기지

거기에서 거기에 이르는
틈바구니
가득 담겨 있는
커피 위에 얹어진
크림이 흘러넘치고 있고
여기저기 쏟아지는 이름
커피를 마시기 위해서는
크림이 입술에 묻어야 하므로
나는 묻는다
저기
아무도 없나요
여기
누구 있어요
누구는 스푼으로
크림을 퍼 먹고 있고
나는 온 힘을 다해

커피를 쏟고 있고
여기에서 저기까지 이르기 위하여
거기에서 거기까지 기울여야 하는
아무의 것도 아닌
그렇고 그런

여기 크림이 깊고 쫀쫀해

결석

없는 사람 누구야

손 들어 봐 없는 사람

터져 나오는 웃음

기포처럼 올라오는 손들

웃음은 기포가 될 수 있을까?

나는 웃기지 않은걸

손들을 들고 있는데

아무도 보지 않는데

나는 내가 보여?

아니, 저녁에 봐

나는 여기에 온 적이 없고

앞으로도 없을 겁니다만

계속 손 들고 서 있을 거예요

보여요? 보여요 뽀글뽀글

그래서 저녁은 뭐 먹는다고?

이것은 꿈이 아니고

나는 웃을 수도 있지

조금씩 단단하게

질문 있는 사람?

나는 답해야 한다

없지만

성실하게

없으므로

터지는 기포

맺히는 공깃돌

어항

투명한 당신을 들여다 놓고
기다림을 생각한다 떨리는
당신의 찰랑이는 수면 요동치는
물의 마음 비칠비칠 어룽지는
빛의 살갗들 글썽이며 오래 생각하는
시간의 살비듬
하얗게 반짝이는

나는 오래 바깥에 있었습니다
더 이상 젖을 수 없어서
젖지 않는
물고기가 될 시간
부푸는 아가미
떨어지는 당신의 하얀 미래를
오래 받아먹을 시간
나의 숨은 당신의 시간

투명한 당신과 투명한 숨결들 춤추는

그 빛을 그림자라 불러도 좋을까요
당신의 그림자에 젖어 가쁜 어항에서
둥근 입술 물고기 일렁이는
숨결과 물결의 시간

나는 숨도 물도 잊을 수 있습니다

희고 따뜻한 손

그 사람은 물방울을 들고 있는 사람이다 희어진 손으로 물방울을 들고 있는 사람이다 우리는 그 사람이 금붕어처럼 걷는다고 말한다 금붕어는 비닐봉지처럼 흔들리며 걷는다

희어진 손이 굳어 갈 때 금붕어는 아름답고 금붕어는 분주하다 투명한 물방울을 들여다보는 그 사람은 창백하고 죄스러운 사람이다 그 사람은 천천히 손을 섞는다 비눗방울처럼 흔들리는 금붕어를 보며 언제라도 쏟아질 것 같은 세계가 된다

그 사람은 손바닥으로 물방울을 받쳐 본다 터지지 않는 물방울은 전부 손바닥이 된다 그 사람은 따뜻하고 그 사람은 시원하다 이내 서늘한 기분이 된 그 사람은 비닐봉지처럼 소스라치며 손바닥을 뗀다 그러나 곧 그 사람은 금붕어의 촉감이 궁금한 사람이 된다 궁금한 세계에서 그 사람은 조금 더 죄스럽고 용감한 사람이다 물방울은 다시 손바닥이 되고 금붕어는 비눗방울처럼 분

주하게 빛난다

그 사람은 금붕어가 몸을 틀면 느껴지는 것이 있다고 믿는 사람이다 물방울은 아름답고 물방울은 따뜻하다 그 사람은 조금만 더 쏟아질 것 같은 세계가 되기로 한다

흰 손과 따뜻한 손 가운데 어떤 손이 금붕어를 들고 있는 손일까

금붕어는 아름답고 금붕어는 만질 수 없어서 그 사람은 분주하다 그 사람은 한쪽 손이 번갈아 희어지는 사람이다 한쪽 손이 번갈아 따뜻해지는 사람이다 그 사람은 영원히 금붕어를 만질 수 없는 사람이다 그래서 커다랗고 투명한 물방울은 기쁘고 손이 희어지는 사람에게만 있고 그곳에는 비눗방울처럼 금붕어가 있고 그 사람은 비닐봉지처럼 분주하게 걷는다

만질 수 없는 방식으로만 만질 수 있는 것이 있다면

그것은 얼마나 커다랗고 투명할까

어제의 어금니

어제 내가 죽을 때
내일도 남아 있을 사람에게 어금니를 주고 왔어

가장 기쁘거나 가장 슬프니까
세상에서 가장 깊고 단단한 몸

너무 많은 어금니를 줘 버렸어
사람들은 입 꾹 닫고 나를 머금고 있다
그러나 어디선가 찢어지는 소리

혹시 어제부터 죽지 않고 살아 있나요
입을 벌려 봐요 괜찮아요
내가 어제의 예감처럼 쏟아져 나온다

너의 볼에 자꾸 입을 대 보는 것은
네가 내 작은 전생의 영혼을 품고 있기 때문이야
나는 너에게서 나의 오래된 미래와 기쁘게 인사한다

너는 입을 꾹 다물고
애써 범람하지 않으려는 것 같아

나는 오늘도 죽을 거고
안쪽부터 찢어지고 있는데

자 그럼 내 입속에서 터져 나오는
웃음 같은 이 아픈 영혼은 누구의 전생이야?

나는 이걸 사랑이라 불러, 너는 어때?

베타 테스트

우리 내일 폼 클렌징을 사야 해

유리병을 엎었어

다 떨어졌어

클렌징 폼이 아닌데
폼 클렌저가 아닌데

우리는 서로의 오류에 정확히 기항하고 싶은 마음
번역이 가능할까 바뀌어 버린 단어들은

다 써 버렸어

너는 무어라고 말하고
깜빡
깜빡
생각에 잠기는 것처럼 보이고

계기판이 가리키는 것은 무엇의 오해일까
눈금을 정확히 읽는다고 고칠 수 있을까

우리는 서로의 항로에서 길을 잃는 마음
마주 보는 마음엔 완성이 없고

아직 거기 있어?

유리병 속에서
숨을 쉬는 사람처럼
골똘히 내뿜는 기포

기포가 나오는 곳으로
헤엄을 치고 물풀을 헤치고

언제나 기포가 갇혀 있는
무성하고 투명한 물풀이 있고

다 떨어진 것들을 물풀로 붙여야 할까
다 붙인 것들을 유리병에 담아 부쳐야 할까

나의 사랑하는 사람은
숨을 쉬는 사람처럼
늘 여기 있는데

이곳의 오늘은 그곳의 내일
그곳의 오늘은 이곳의 내일

베란다

추운 바깥을 등지고 자던 네가

이국의 언어로 울고 있었다

너는 꿈속에서 내 손을 자주 놓쳤다 했다
나는 네가 알아들을 수 없는 말을 하며

너의 미간을 문질렀다
너는 다 알아듣겠다는 듯 느슨해졌다

창문을 오래 누르고 있으면
바깥에 들어서는 것만 같다
창문 너머에는 또 창문이 있지만

헤일로,
추운 꿈에서 덜 추운 꿈으로 나왔다
우리는 생시가 아닌 것만 같다

흐리고 캄캄한 유리를 닦으며

우리의 모국어를 지우고 있었다

차갑고 헐거운 난간을 뛰어넘으며
다시 돌아올 수 없어도 좋다고 생각했다

안에게서 바깥으로 떨어지고 있다

안인 것처럼 너는
나를 받아 안을 것이고

헬로,
이국어로 인사를 한다
안녕,

한사코

우리는 손을 잡고
뒤로 걸었다

뒷걸음으로 얽은 시간도
코끝의 매듭을 되풀진 못하지

우리는 거꾸로 말을 이으며 놀았다

목도리 마가목 걸음마
스키장 히비스커스 여전히

기침이 잦을 땐
마가목을 달여 마실 것

목을 따뜻하게 해

여전히 걸음마를 떼는 중이구나

나아가고 있을까

입술과 입술의 매듭이
히비스커스,
히비스커스는 되어도

목도리는 될 수 없고
스키장도 될 수 없지

누가 먼저 우리의 앞코를 밟게 될까
앞코를 밟고 넘어지면 지는 거야

한 코 한 코
뜨다 보면
통과하는 계절

목도리는 될 수 없으니

물을 올리자
따뜻한

차연

담배는 여전히 타고 있어 담배 연기가 방을 가득 메우면 우리의 미래는 어디까지 가까워질 수 있을까 구름에 파묻힌 미래처럼 가리어 비추는 것들이 있지 이 방의 하얀 소리를 들어 봐 껴안지 못하는 것들은 가득 채워지는 것 연기처럼 공기처럼 불빛처럼 소리처럼 시간처럼 마음처럼 보이지 않는 이 방은 오직 가득이어서 투명한 방 나만 없는 방 이곳에 가득 네가 있는데 나는 이 가득의 방에서 어떻게 거슬러질 수 있을까 너는 울고 있었고 나는 네가 울고 있다고 말했어 우리에게 아침이 올까 아침이 온다면 이 방 가득일까 담배는 밤새도록 탈 거야 가득, 가득, 가득, …… 가득 아닌 곳 없는데 왜 우리는 가득 사라질 수 없는 걸까 담배는 아직도 꺼지지 않았어 네가 이제 비치지 않아 사라지지 않아 언제나 조금 더 먼 것처럼 우리는

유아론

오늘은 나랑 놀았다

대접받고 싶은 대로 대접하라기에
좋은 밥도 먹어 주고 시내도 구경시켜 주었다

아무도 없는 카페에서

나는 잠시 전능해진다
무엇이든 할 수 있다

지금 당장 신이 될 수 있다면 무얼 가장 하고 싶어

……당신에게 한없이 기대어 있기

늘 혼자임에 씩씩해서 나는
누구도 아닌 당신을 그리워한다

신이 될 수 없는 나는

이따금 신을 길게 불러 보기도 한다……

신은 부러 오독되는 날이 잦고

당신은
언제고 나를 이긴다

당신 앞에 무력해지는 내가
당신을 영원처럼 기다리는 일

사랑이란 단어 없이 사랑을 말하기엔
나는 너무 어린 신이라서*

당신의 전능함에 의탁하며 지내는
무력하고 어린 내가

오늘은 당신의 직무를 잠시 대행하였다
그것이 너무 괴롭고 좋았다

* 정재율, 「해변에서」, 『온다는 믿음』, 현대문학, 2023 일부 변용.

우리 어린 날의 사랑

우리 어린 날의 사랑은 남들에게 숨기기에 급급한 사
랑이었다 뻔히 들킬 수밖에 없던 우리 어린 날의 사랑은
어른들의 손가락질을 받아먹으며 사납도록 온순하게
자라 갔다

내가 널 키운 줄 알았는데 사실은 네가 날 키운 셈이
지 너 없었으면 난 죽은 거나 다름없었지 너는 그저 웃
으며 인정하지 않겠지만 말이야

너는 언젠가 집을 나가 한 계절 내내 돌아오지 않은
적이 있었다 나는 그때 네가 차라리 죽어 있는 거라면
좋겠다고 생각했다 그게 아니라면 이렇게 오래도록 돌
아오지 않을 리가 없으니까

사랑은 너의 죽음을 기다리는 일일까 왜

너를 잊기 싫었는데 너의 죽음을 받아들이는 연습
따위 하고 싶지 않았는데 끝끝내 그럴 수밖에 없겠다고

마침내 널 잊어야겠다고 다짐할 때 너는 사랑을 배우고
왔다며 아무렇지 않게 돌아왔다

　우리의 사랑은 자꾸만 사랑이 될 수 없어 왜

　널 사랑할수록 우리는 멀어지기만 했다
　널 사랑한다는 것은 우리 모두에게 괴로운 일이었다
우리를 손가락질하던 어른들에게마저도 물론
　넌 아니었겠지만 말이야 그래서

　우리는 헤어졌고 나는 너를 생각보다 쉽게 잊었다 너는
이제 죽은 거나 다름없다고 생각하며
　네가 그곳에서 오래오래 나를 그리며 살고 있겠지 하며
　아닌가 너는 그곳에서 또 새로운 사랑을 찾아 오래오
래 행복하게 살았을까 그랬다면 좋았을 텐데
　그래도
　너는 언제든 온몸으로 반기며 날 알아보겠지 내가 아
무리 커서 다른 사람이 되었어도 우리가 만날 수만 있

다면 네가 이곳에 있기만 한다면

너는 아직도 기쁘게 살아 있고
죽어서도 그곳에 살아 있고
그것이 나는 슬플 뿐이다

네가 그곳에서 영영 살아 있으므로
나의 슬픔은 죽지 않고 이곳에 있다

방울 소리가 들리면

난 슬퍼해야 해
너무 기뻤으니까
넌 아직도 죽지 않아 왜

사랑은 너의 죽음을 인정하는 일이어서
나의 사랑은 아직도 이루어진 적 없다
그게 우리 어린 날의 사랑이었지
너는 그저 웃으며 인정하지 않겠지만 말이야

2부

숲은 오래 머무는 밤 같다

우리의 숲

헛간은 비어 있었다

구겨진 통나무 사이로

얼굴을 비집고 들어갔다

헛간에 들어온 것은

매번 나뿐이어서 매번 돌아보았다

귀신 같은 햇빛이

눈썹처럼 펄럭였다

어떤 눈빛을 기억해 내려 애썼다

주름처럼 웅크리고 앉아 있으면

헛간이 투명으로 차올랐다

나무가 나를 보고 있었다

헛간은 빽빽했다

아주 밝은 숲이었다

등화관제

투명의 바깥은 어느 모로 보든
무서운 것이어서

아무런 믿음 없이
눈을 감는다

투명하다는 것은 보인다는 것일까 보이지 않는다는
것일까

이름이 있는 곳엔
언제나 믿음도 있어서

너의 이름을 부르면 뒤통수처럼
그곳엔 늘 내가 있다

오지도 가지도 않는 내일을 기다리며

나는 늘 오늘이라는 시차에 갇힌다

내가 있는 곳에
왜 내 뒤통수는 없을까

고독은 늘 혼자여서 그 누구도
고독과 함께일 수 없듯

나는 나와 계속 비슷해지기만 한다

뒤통수가 보고 싶어
내 이름을 부르고
내가 돌아보는

이름 없는 시간

투명한 거울처럼

나는 이 모든 것들을
믿음 없이 말해야 한다

우후

연필 좀 주워 줘

너는 나무가 되었고

우리는 다른 숲이야

이곳의 하늘은 맑아
나무들의 국경선은
언제나 평화롭고
서늘한 바람도 불고

구겨진 종이를 펼치는 소리
아무것도 쓰여 있지 않은
이를테면 임금님 이야기

60년이 걸린대
아니 그보다 조금 더
그리고 모두 죽는대

너의 숲

본 적은 없지만
그런다고 했어

오늘은
비가 와
비가 온다구

그때 네가 연필을 주워 줬었나?

나무가 아니었던 사람

아무도 모르게
숲이 자라는 소리가 들려
고개를 치켜들 수밖에

크라운 샤이니스

사탕을 입에 물고 숲으로 간다

다 녹으면 나올게

사탕을 오래 문 입안처럼

바람 따라 숲속에서
굽이굽이 구겨지는 우리들의 그림자

눈부신

어떤 감촉으로 엎질러져 우리에게 펼쳐질까

내겐 바람이 있어

사탕 깨무는 소리로 가득한 숲속
무수한
미래를 만지듯

오늘도 나무는 자라고

세상은 작은 만큼 아름답다

모두에게 골고루 나누어 주려고

숲은
오래 머무는 밤 같다

사이안

사람들이 주렁주렁
매달린

마음 한복판

이 길의 끝은 어디입니까

도인은 길을 묻고
행인은 모른다 하고

아미그달린
아미그달린

모든 것은 마음에 달린 것이라고
당신이 말하지 않았습니까

도인은 모른다 하고
행인은 가로수 그늘

씨앗은 낳고 또 낳고
쉼 없이 낳는 마음

우리를 씹고 또 씹고
쉼 없이 씹는 마음이라야

푸르러지지 않겠습니까

아미그달린
아미그달린

음독을 합시다
푸른 눈동자로

우리에게는 끝내 사랑에
미쳐 날뛸 날이 올 것입니다*

씨앗은 매달린 적이 없었으므로

다 함께
떨어진 씨앗을
우적우적 씹읍시다

이 길에는
사랑이 주렁주렁
매달려 있지 않습니다

걷고 또 걷는
가로수 그늘은
냄새로 가득합니다

* 김수영, 「사랑의 변주곡」 변용.

우기

우산을 쓴 사람이 나를 향해 걸어온다
눈을 감았다 뜬다
우산을 쓴 사람이 나와 함께 걸어간다

이것은 날씨와는 상관없는 이야기
지금은 비가 오지 않으므로

비슷한 꿈을 꾼 적이 있어요
숲이 있었습니다
아무도 들어가 보지 못했으나
누구나 빠져나온 적이 있는
숲이 있었고
그 사람은 흠뻑 젖어 있었습니다
숲속에선
영원히 비가 내릴 거라는 오래된 소문이
누수처럼 흘러나왔습니다

굳게 깨문 입술의 부릅뜬 눈

이미 울고 있는데 울지 않는 얼굴

사람들은 모두 우산을 쓰고 있고
우산은 주름진 미간

그건 꿈이 아니었을까

스위치를 내리듯 한 번에
팍,
쏟아지면 좋겠어
환해지면 좋겠어

우산 속에 백열등을 다는 중입니다
들어오시겠어요?

숲은 어둡고
춥습니다

눈을 감았다,
뜬다, 감았다,
뜬다, 빗방울,
떨어지는 소리,

사람들 아무 소리 내지 않아도
대체로 같은 방향입니다

데드 섹션

당신은 잘 가라고 말했다

객실 안 일부 전등이
소등될 예정이고

오래된 필름처럼 우리는
쉽게 이해할 수 있다

생일이 아니더라도 불은 꺼질 수 있고

어두운 당신의 뒤에서 줄지어 달려가는 노을이 있고

바깥으로 쏟아지는 모든 뒤통수는 아름답다는 것을

무수한
당신이 잠시 보이지 않는 구간
점멸하는
우리는 서로에게 할 말이 없고

마주 본다고 해서 모두
같은 곳을 가는 것은 아니지만

우리는 밤으로 영사된다
이대로 오직
관성으로
잔상으로

세상 같은 터널로 다시 들어가게 된다

∅

당신은 잘 가고 있냐고 물었다

거대한 필름 속에서 나는
밤이 되고 남은
빛들의 힘으로 달리고

영사기를 돌리는 손등 위로 줄지어
쏟아지는 어제의
노을들은 어쩐지 살아 움직이는 것 같고

살아 움직인다는 것은
무수한
잔상들을 통과한다는 것
점멸하는

터널의 내부는 낮일까 밤일까

나는 잘 가고 있는 것일까

이미 끝났는데
끝난 줄을 모르고 있는 것은 아닐까
반전 없는 영화처럼
어쩐지 끝나지 않을 것만 같은

우리는 쉽게 슬퍼할 수 있다

나는 어떤 밤으로 당신에게 상영될까

페달에서 발을 뗀다

주인공처럼 나는
이대로
오직 관성으로
잔상으로

끝나지 않길 바라는
우리는
잘 가고 있냐고

새는 밤

윗집이 수도를 트는데 내가 젖습니다

나는 등 뒤를 자주 돌아보는 습관을 가졌지만

천장이 오래 뒤척이는 방에는
등 뒤의 일을 알 수가 없습니다
누가 나의 안부를 들춰 보고 있는지

그림자는 잘 있습니까?
나는 모르는 나의 안부를 당신에게 묻습니다

너무 내밀한 기도는 하늘로 오를 수 없어 천장 뒤에
고여 간다는 이야기를 들어 본 적이 있습니다
세상의 모든 기도는 아침으로 흐르는 안부의 형식

당신은 잘 있습니까?
천장은 뒤척이고
나는 부디 잘 있습니다

내가 물을 틀면
당신도 젖을 수 있습니까?

나는 신을 믿진 않지만 영혼을 믿고 싶어지는 밤을
믿습니다
이역의 밤을 떠도는 세상의 모든 그림자를 믿는다는
뜻입니다

밤이 새도록 천장을 들춥니다
당신은 부디 당신은 부디

모르는 당신들의 그림자를 덮고
나는 아침까지 흘러갑니다

믿음의 다리

믿음이 너무 많아서
두들겨 볼 엄두가 나지 않아
쌓아 놓은 돌무덤 여럿

나의 믿음은 언제나
당신의 죽음과 마주 보고 있어
힘에 겨운 발걸음 여럿

난간에
기대
걸어 보는
살아 있는 슬픔

내게 믿음을 주세요 슬픔 말고 믿음을 주세요 힘과
믿음을 주세요 내 안의 온갖 사랑들을 사랑할 수 있는
힘 있는 믿음과 내 안의 모든 미움들을 미움일 수 있게
두는 믿음의 힘을 내게 주세요

그러니까 선생님 다리를 건너는 방법을 알려 주세요

애야 다리 건너를 몰라야 다리를 건널 수 있단다

하지만 선생님 저곳을 마주 보고도 어떻게
모른 체할 수 있단 말인가요

애야 너는 이미 슬픔을 알지 않느냐
차오른 물둑 위에 앉아
보고 있지 않느냐 보이지 않음으로
넘쳐흐르고 있지 않느냐

○ ○ ○

수심을 가늠하듯
오래 내려놓은 슬픔
우리의 디딤돌이 되겠지요

믿음 없이도 건널 수 있는

그 믿음과 힘을 주는 이 다름 아닌 나일 수 있기를 우리를 구원하는 이 오직 나뿐임을 믿어 의심치 않으므로 그것이 내가 가진 가장 단단하고 작은 힘이므로 그러므로 내게 믿음과 힘 있으리라고 반드시 그러리라고 당신의 그 많은 죽음을 끌어안으며

다리 아래 잠긴 죽음들로
쌓아 올린 믿음 여럿

다리는 무덤의 방식으로 다리를 견딘단다
다리는 믿음의 방식으로 다리를 건넌단다

늘 제자리인 무덤과
보이지 않는 믿음과
걸을수록 자라는
돌다리 여럿

그럼 나는 언제나 미래에 건너가 있다

당신처럼

때때로 돌아오지 않는 꿈을 꾸기도 한다

라자루스*

X

두 손을 가슴 위에 얹고 아끼는 것들을 생각한다

미안합니다만 의지의 문제입니다 사랑과 의지만 있
다면 없던 길도 뚫어 낼 수 있습니다 이 개는 다시 움직
일 수 있지 않습니까 여기 보세요 이곳은 어디입니까 말
해 보세요 들립니까

하지만 선생님 없던 자리에서 생겨난 손은 제 소관이
아니지 않습니까 있던 자리에서 사라진 손도 제 소관이
아니지 않습니까 이대로 눈을 감고 볼모가 된 밤을 견뎌
야 하지 않겠습니까

바닥에 등을 대고 누워 흐르는 대로 둔다

X

볕이 잘 드는 베란다는 눈이 부시다 스위치를 켠다
모든 제자리들이 애를 쓰고 있다

우리는 멀리까지 갈 수 있었다 무엇을 위하지 않고도

사랑하는 개가 오래된 우리를 끌고 간다 숨을 삼킨
다 나는 안간힘을 다해 목줄을 쥔다 사랑하는 나의 개
는 더 이상 나의 개가 아닌 것 같다 사랑하는 개가 낑낑
거리며 나의 목덜미를 문다

우리는 두꺼운 미래를 열고 투명한 호숫가에 머리를
박은 채 푸른 물을 마시곤 했다

주머니 안쪽을 움켜쥐면 깨어나지 못한 먼 기척이 만
져진다 나의 사랑하는 개가 멀리서 입가에 푸른 물이
묻은 채 잠들어 있는 나를 끌고 올 것임을 안다

현관에 새로 산 목줄을 매어 두었다 오래전 일이다

제자리들의 볕이 짙게 고이면 나는 고개를 내밀고 오
래도록 사랑하는 개의 흉내를 낸다 나는 구겨진 주머니
속에 담겨 어두워진다 저녁이 되어도 돌아오지 않는 것
들이 있다

우리는 밤을 말하지 않고도 어둠을 이해할 수 있었다

죽은 등은 켜지지 않는다 스위치를 끈다 켜지지 않
던 등이 서서히 꺼진다 어떤 징후처럼 포개어지는 제자
리들이 있다 짙고 푸른 미래가 찢어지고 있다

X

바닥에 등을 대고 누워 사랑하는 나의 개를 생각한다

미안합니다만 말하자면 잔상 같은 것입니다 눈을 감
고 나서도 환한 제자리를 볼 수 있지 않습니까 의지의 문

제가 아닙니다 마음의 준비를 하셔야겠습니다 흐르는
것은 흐르는 대로 두어야 하지 않겠습니까 이대로 모든
것의 볼모가 되는 일에 익숙해질 때도 되지 않았습니까

　하지만 선생님 현관에 매어 둔 목줄이 있습니다

　목덜미가 뒤집어진 주머니처럼 늘어져 있습니다 고
개를 너무 오래 내밀고 있던 탓이 아니겠습니까 찢어진
미래를 열고 물을 마시러 가야 하겠습니다 의지의 문제
가 아닙니다 저기 보세요 푸르러지는 하늘이 보이지 않
습니까 말해 보세요 보입니까 이것은 어떤 징후가 아닙
니다 그저

　보세요

　베란다는 볕이 잘 든다고 합니다

　X

우리는 멀리 되살아온다

푸른 가슴 위에 우리의 두 손이 가지런하다

* 라자루스 현상Lazarus syndrome은 심폐 소생술 실패 이후 사망 선고
를 받은 환자의 호흡이나 맥박이 다시 소생하는 현상을 말한다.
라자루스 징후Lazarus sign는 뇌사 환자가 저산소에 의한 척수 반사
로 인해 자발적으로 손과 다리를 움직이는 현상을 말한다. 대개
팔꿈치를 굽혀 양손을 가슴 위로 교차시키는 모습을 보인다.

애글릿

없는 공을 마주 쥐고
손가락을 맞부딪는 기분을
무어라 말할까

선생님 공이 하나가 모자라요

모두 눈 감아
선생님 말씀하시고
조용히 손 드는 사람을 기다리며

가만히
눈을 감고

눈을 감고 공을 보자

선생님
없는 공은 구멍인가요
선생님

구멍에서 무늬가 흘러요
선생님
몸이 붕 떠올라요 선생님 의자가
뒤집혀요 선생님 거꾸로
매달려요
선생님

구멍이네 이거
눈 감고 손 들어
귀에 딱 붙여
팔 또 떨어지네

팔 떨어진다

어쩌면 우리는 물구나무를 서고 있는 걸까
물구나무를 서기 위해서는 먼저 발을 굴러야 하지

그런데 저기 굴러가는 공은 뭐야

일단 나 좀 받쳐 줄래
어어 팔 떨어진다

선생님 그게 아니고 선생님
옷이 자꾸 올라가서요
아니 내려가서요 아니

신발 끈은 언제 풀렸지
물구나무 열매 맺혔네

애글릿
애글릿이라고 한대

흘러내린 소매
뿌리처럼 애글릿처럼
바닥을 뚫고 구멍을 뚫고

나는 지구에서 가장 힘이 세다

눈을 감고 구멍을 보자
꿰기 쉬운 구멍이지

선생님
저희는 이미 손을 들고 있는걸요

거꾸로 선 우리가
바짝 걷어붙인 소매가

세상 같은 구멍을 뚫고 만나는 것처럼
실은 우리 하나의 긴 물구나무인 것처럼

없는 공을 마주 쥔 손가락의 기분은

애글릿의 기분

꿰기 쉬운 세상이라지

선생님
세상이 하나 모자라요

눈을 감고 빛을 보자
세상은 거대한 빛의 구멍 같아

Gyro

콩 심은 데
콩 나고 나무 나고
나무 기둥이 계속 자라나요

집보다 큰 기둥

지붕 없는 기둥 위에 앉아
세상의 모든 지붕을 둘러봐요

지붕이 많은 너는 돌아가느라 멀미란 걸 모르겠지만

나무 기둥이 계속 자라나요
콩 심으러 가는
하늘의 목선처럼

발밑에는 아찔한 콩밭
콩밭에 두고 온 마음은
바다가 될 거예요

돌아가기 바쁜 너는 돌아오는 방법을 잊어버렸겠지만

너나 나나 우리는
돌아오는 공중

다만 나는 헛디딜 거예요

미끄러지는 공중
성대한 진수식

나는 내 지붕을 만들 수 있어요

조심해요
물 튀어요

가 본 적 없는 집으로 돌아가고 있어요

3부
여름은 빛나고 축축합니다

흰 새

푸른 바다
붐비는 푸른 바다
물결과 물결
많고 드넓은 물결과 물결
단단한 바위 단단하고
움직이지 않는 흰 새
날아가지 않는 흰 새 떼
바위에서 바위로 물결에서
물결로 바다에서 바다로
움직이지 않는
희고 밝은 해
빛으로 짠 그물과
붐비고 푸르고 많고 드넓은
돌아가고 돌아오는
바다와 물결과
단단함과 또 단단함과
문득 눕는 바위와
여전한 흰 새와

흰 새 떼
사이
가르는 빠른 흰 배

찢어지는 바다
흰 새를 닮은
돌아가지도 돌아오지도 않는
희고 밝은 바다
빛으로 짠 그물을 찢으며
가는 빠른 흰 배

단단한 바위가 뛰어드는 희고 밝은
날개 치는 햇빛과 바다와
물결과 흰 새 떼
날아가는
사이
여전한 흰 새
다시
붐비는 희고 밝은 바다

버스가 경로를 이탈했지만 아무도 동요하지 않았다

푸른 바다에 붉은 돌을 던지면?

…

돌이 물에 젖는다!
─어느 초등학생의 답변

푸른 바다에 가고 싶었다
바다는 푸르기 때문이다

푸른 바다에 던진 돌이 물에 젖었다고 했다
없는 돌만이 젖을 수 있는 걸까
나는 젖었다는 돌에 대해 알 수 없는데

나는 붉은 돌을 쥐고 있었고
젖기 위해서는 없어져야 한다는 결론

푸른 바다 밑은 없는 돌로 가득할 것이다
해수면이 자꾸 상승하는 것은
알고 싶은 사람들이 모두 각자의 돌을 던진 탓이다
지구는 물의 행성이니까 아무렴

괜찮을 것이다 우리가 자꾸 젖어 가는 것도
괜찮은 일이다

푸른 바다에 가기 위해 버스에 올라탔다
행선판이 푸른색이었으므로
아무렴 괜찮았다

버스는 없는 승객들로 만원이었고
모두 자고 있었고
잔뜩 젖어 있었다

버스는 경로를 이탈했지만
아무도 동요하지 않았다

옆얼굴을 붉게 괴어 놓고 있었다

창문은 바깥을 보기 위함이 아니라
투명한 안을 보기 위함이라 생각했다

버스는 급하게 멈췄고
투명한 얼굴들이 우르르 굴러떨어졌다

돌이 많은 바다였고

푸르지 않은 바다가 몽돌 위에서 부스러지고 있었지만
아무렴 괜찮았다

바다는 푸르지 않았고
우리는 상기된 채로
흠뻑 젖은 채로
눈을 감고
물수제비를 떴다
돌은 물에 젖을 것이다

우리는 가라앉을 자리를 고르고 있었다

마린스노

뾰족한 눈들을 피해 몸을 던졌지

눈이 얼마나 쏟아져야
파도가 그칠 수 있을까

고래의 등을 타고
눈 오는 바다를 날고 싶어

하얀 폭죽이 되고 싶어

우리의 폭발음이 지구 세 바퀴 반을 돌아
또 다른 바다에 도달할 때까지

하얀 스티로폼
부표
뒤집힌
난파선
까만 구명보트

나는 무엇을 듣고 있니

어쩌면 불시착한
우주인 귀환 캡슐

***

넘실대는 산마루

폭발과 함께

몸을 던져

낙하산을 타고

눈처럼 내린
광장의 박물관

살아 있는 시체들의 낮

너의 꿈이었을까 나의 꿈이었을까

눈을 뜨고
네가 내일도 살아 있으면 하고

오늘 죽은 것들을 헤아려

***

오늘을
받아먹고 자라는
내일의 바다
너무 깊어
쌓이지 않는

눈 내리는

바다를 날고 있어

불시착한
고래는 너무 무거워
바다로 돌아가기에는

까만 등
하얀 배

바다눈
화산재

폭발하는 너

계속되는 밤이 흩날리는
스티로폼 같은 꿈이 있지

침상

　침상 위에서 잠든 우리는 밀물 위에서 눈을 떴다 건너편 침상을 바라보며 차오르는 윤슬의 흩어짐을 헤아렸다 여기선 그 무엇도 죽어 있는 것이 없을 거야 중얼거리다 파도가 우리를 덮치기 시작하자 우리는 서둘러 일어나 짐을 챙겼다 나는 물에 젖으면 안 되는 것들을 챙겼고 물에 젖으면 안 되는 나머지 것들을 버렸다 뛰어도 뛰어도 제자리였다 반대편 침상에서 무언가 가라앉고 있었다 잡은 손이 미끄러웠다

　연신 마른세수를 해 대는 얼굴들이 지붕 아래에 있었다 그곳은 투장이었다 축축한 발자국을 찍으며 나는 입안의 모래를 뱉었다 그곳은 온통 젖지 못하는 것들로 가득했다 누군가 나를 향해 이쪽으로 들어오면 된다고 외쳤다 무언가 잘못되었음을 깨달은 나는 솟구쳐 올라 뾰족한 가시 지붕 위를 뛰어다니며 도망을 쳤다 서걱이는 소리를 내며 나의 뒤를 쫓는 얼굴을 돌아본 나는 뛰어도 뛰어도 제자리였다

침상 위에서 잠든 나는 밀물 위에서 눈을 떴다 건너편 침상을 바라보며 흩어지는 윤슬의 빈 곳을 이었다 여기선 그 무엇도 살아 있는 것이 없을 거야 중얼거리다 지붕들이 떠내려가기 시작하자 나는 손에 묻은 모래를 털며 다시 잠을 청했다 나는 솟아오르는 침상의 무른 테두리를 만지며 가라앉은 모든 얼굴들을 일별하기 위해 가만히 수면의 등심선을 그리고 있었다

푹 푹

모래성이 녹는 해변에 앉아
구덩이를 판다

그럼에도 늘 젖어 있는 바짓단처럼
추켜올리는
해변의 짙음은 멈추지 않고

무르고 축축한 해변과
마르고 따뜻한 해변은
어디서부터 서로를 놓치게 되는 걸까

그것이 궁금해 해변과
해변 사이를 따라 걷다 보면
나는 바다에 빠진다

그럼에도 늘 말라 있는 바짓단처럼
흘러내리는
모래의 반짝임은 멈추지 않고

해변은 온통 반짝이는 것이어서
두 손 가득 해변의 짙음이어서
모래성을 짓는 사람들

해변의 모래성은 여지없고
여지없는 모래성은 해변이 되지

그럼에도 짓게 되는 모래성처럼
푹푹 녹아내리는
구덩이의 깊음 또한 멈추지 않아

그럼에도 그럼에도
깊음 가득한 구덩이는 손끝같이
얕은 물이 조금씩 차오르고

해변을 놓치는 구덩이는 계속
구덩이와 비슷해지기만 하는데

나는 이것을 바다라고 부를 수 있다

모래성이 녹아
해변이 되듯

나는 손끝이 돋아나도록 깊은 바다에 빠질 수 있다

존재의 바다

여름은 빛나고 축축합니다

바다는 언제나 잘 있고 백사장은 여름과 알맞습니다
바다가 보고 싶었습니다 지금은 볕이 뜨거우니 저녁
에 가라고 했습니다

나는 지금 일곱 시 무렵입니다
태양은 하나인데 왜 그림자는 두 개입니까
(잠정적으로) 움직이지 않는 그림자 옆 비껴 선
분침 같은 그림자는 누구입니까 나는 당신을 모릅니
다 당신은 매번 다른 곳을 향합니다

시침과 분침이 겹치는 곳에는 웅덩이가 있습니다
앉기도 전에 웅덩이가 진 곳이 있습니다 나는 내가
앉았던 자리인 것처럼 앉습니다
여름의 접힌 부분
빛나지 않는
축축한

백사장은 있고 모래알은 없습니다 모래알은 있고 백
사장은 없습니다

엉덩이를 털어도 털어지지 않습니다

손에는 자꾸만 무언가가 들어오는데 모래 같은 것이
들어오는데

축축한데

쥘 수 없습니다 그림자입니까

빛나는 것들이 점점 사라집니다 해가 지면 여름도 끝
이 납니까

괜찮습니다 나는 바다를 좋아합니다

개와 늑대의 시간

이것은 밤입니까 그림자입니까

비껴 선 그림자의 정체를 알 수 있습니까

없습니다

엉덩이는 여전히 축축합니다

파도가 높아지려 합니다
울리는 장내 방송
에코는 두 번

만조입니다
웅덩이에 바닷물이 찰 것이고
거기엔 내가 비칠 거라고 했습니다

나프탈렌

나는 일없이 거실을 거닐다가
창밖을 보는 일이 잦다
가까이 붙어 선 유리창은 흐리다

나프탈렌보다 밝은 방
얼마나 많은 것들을 가두고 있는지
나는 모른다

달빛을 닮은 것들이
공기 중에 떠다닌다

마음은 흐르고 몸은 선다

○

물속의 기포가 미처 빠져나가지 못하면 불투명한 얼음이 됩니다 예쁘고 투명한 얼음을 만들기 위해서는 기포가 빠져나갈 수 있도록 충분한 시간을 주어야 합니다 얼릴 물을 끓이고 물이 식기를 기다리거나 마른 수건 따위로 감싼 채 얼리는 방법이 있습니다 투명해지기 위해서는 충분한 시간이 필요합니다 시간은 투명이 될 수 있습니다

○

나프탈렌의 밤

야행을 마치고 돌아와도
입에 물고 온 나프탈렌은 녹지 않고 있었다

가까이 붙어 선 유리창에는
맺힌 것이 많아 물이 흐른다

마음이 멎고 몸은 녹는다

나프탈렌이 줄어드는 시간

얼음이 투명해지는 시간
맑아지는 시간

몸속에는 물이 돈다

방을 가득 채운 달빛이
녹는 시늉을 한다

달이 이지러질 때까지
나프탈렌이 투명해질 때까지
기포와 공기가 구별되지 않을 때까지

마음이 서고 몸이 흐른다

○

밤새 보름달을 머금은 채
나를 흘려보낸다

공기가 움찔거린다

유리창 너머로 빠져나가고 있는 것은 무엇일까

소변기에 부어 놓은 얼음처럼

아침이 올 것임을
알고 있다

트랜스

꿈을 꿀 때마다 모르는 이들과 사랑을 했다

수음 후에 밀려오는 그리움처럼
깨어나면 내게는 헤어진 애인이 생긴다

생경한 그리움이 하루를 잠기게 한다

꿈속의 사랑과 꿈 밖의 그리움에 대해 생각한다

＊

욕조에 앉아 물속에
아주 천천히
손을 집어넣는다

수면이 살아 있는 것 같다

＊

거대한 양말이 있다면 들어가고 싶다

선물이 가득할 것이다

＊

손목에 감긴 수면을 바짝 끌어 올린다

수면 아래에서 말을 하면

수면 밖으로 기포들이 터진다

＊

나는 잠결에 양말 속에 아주 천천히 선물을 집어넣던
겨울날의 아버지를 본 적이 있다

나는 그것이 꿈이었다고 믿는다

*

나는 잠수를 잘하지 못하고 물에 뜨지도 못한다

기포 같은 눈을 뜨면

모르는 사랑들이 작고 많은 사랑들을 낳고 있다

부글거리며

수면이 살아 있는 것 같다

*

거대한 수면 양말이 있다면 들어가고 싶다

발을 집어넣듯 아주 천천히

선물을 밀어 넣을 것이다

나는 그것이 꿈이 아닐 것이라고 믿는다

레윈존데

아이가 놓친 손으로부터
푸른 물이 배도록 자라는
높이가 있었다

그날 아이는 키가 조금 더 컸고

터지지 않는 풍선도 있게 되고

잊는 일의 기쁨도 배우고

왜냐하면 아빠 우리는
엄청나게 큰 풍선이 되어 살 테니까요

*

바람을 타고
부푼 마음은
눈부시게 잦아들고

발 디딘 모든 곳이
잊어버린 곳이 되는
멀리 기쁜 사람

나의 하늘은 내 안을 이루고 있는 것이기도 하여서
나는 내 안의 것을 타고 흐르는 것이기도 하여서
얇은 생활로 실어 나르기엔 너무 푸른 역사

잦아지고 잦아드는
모든 주기들을 헤아리는 데
골몰하는
작고 둥근 높이

간지럼을 오래 태우면 눈물이 나요
넘쳐흘러요

그러니까 아빠 그날은
엄청나게 크고 푸른 하늘이

한 점 간지럼을 타고 있었음을

나는 아마 알아요
푸른 물이 빠지도록 알아요

세상 모든 높이가 여기 파도쳐요

밀려오는 그래프를 읽어요

배꼽만 남은 사람에게

너를 미치도록 껴안고 싶었지
횡단보도 앞에서
파란불인데 너는 아랑곳 않고 머리를 묶었고
배꼽이 보였어
차가 많았고
나는 못 본 체했지만 배꼽이 보인다고 말해 주었지 그
리고 이제 건너야 한다고
너는 웃으며 괜찮다고
상관없다고

아이는 수염을 그리고 아버지의 흉내를 내었다
미친 듯이 껴안아 주고 싶단 마음은 외설적이었다

매일 옷을 빌려 입었지
나는 너보다 조금 늦게 태어났는데 괜찮다고 상관없
다고 너는 아닌 것처럼 말해서
나는 너의 오빠였고
헐렁한 큰 옷은 배꼽을 가리기에 충분했지

우린 참 즐거웠는데
너는 나의 배꼽을 보지 못했고
나는 너의 배꼽을 보았지
너를 그냥 껴안아야 했을까
횡단보도를 건너고 한참
다시 빨간불
너는 비행기를 타고 떠났어

너라고 부를 수 있는 사람들의 배꼽을 상상하게 돼
　세상에 나와 탯줄이 잘리던 아픔을 우리는 기억할
수 있을까
아마 부끄러웠을 거야
배꼽에 고이는
태초의 부끄러움
내밀한 귓속말
너를 사랑한다는
입 맞추고 싶다는
언제든 괜찮은

상관없는
너도 날 껴안고 싶었니

아이는 길고 긴 탯줄을 잘랐다 수염은 자주 길어졌다
옷을 모두 벗고 배꼽을 바라본다

이젠 파란불이 깜빡거려도 뛰지 않아
여전히 차들은 무섭지만 괜찮아
상관없어 내게도
내 옷이 많이 생겼어

너를 미치도록 껴안고 싶었어
배꼽만 남은 사람아

아주 긴 폭죽 구경

　꿈을 꾸었다 말하면 사라지는 꿈을 꾸었다 아주 긴 꿈이었다 그곳에서 우리는 고기를 먹고 바다에 갔다 밤바다는 밤하늘과 분간되지 않는다 까만 파도와 먼 고기잡이배가 서로 다른 속도로 깜빡이고 있었다 수평선은 영원히 솟아오르는 것 같았다 우리는 감시대에 올라앉아 맥주를 마셨다 사람들이 낮게 쏘아 올리는 짧은 폭죽을 구경했다 한숨 같은 폭죽이 끝나면 사람들은 어디론가 사라졌다 아무도 없는 해변의 감시대에선 아직도 사라지고 있는 것들이 사라지는 시간을 감시해야 한다 아주 긴 시간이었다 수평선은 여전히 솟아오르는 것 같았다 우리는 바다 위에 붙박여 깜빡이고 있었다 까만 파도가 치는 바다 위에서 먼 고기잡이배는 아주 조금씩만 움직이는 것 같았다 여전히 그곳에 머물고 있는 이름을 길게 불러 보았다 머뭇거리는 바람이 추워 입술을 떨었다 미안함과 고마움 같은 것은 왜 늘 아주 조금씩만 움직이는 것일까 수평선은 영원히 솟아오를 것이다 밤바다와 밤하늘은 분간되지 않는다 먼 고기잡이배는 얼마나 많은 고기를 잡아 올렸을까 까만 파도는 얼마나 많은 발자국을 쓸어 담았을까 감시대를 내려올 때엔 꼭 휘청이는 기분이 된다 잿더미 같은 모래알들이 신발 속에서 서걱거린다 나는 그곳이 바다 밑일지도 모른다는 생각을 한다 그곳의 밤엔 저마다의 이름으로 깜빡였던 폭죽들이 잠겨 있다 아무도 없는 해변의 감시대가 바라보는 아주 긴 깜빡임이 있고 나는 이것을 무어라 불러야 할지 모른다 수평선은 아직도 솟아오를 것이다 아주 긴 꿈은 끝나지 않는다 꿈을 꾸었다 말하는 것 같았다 우리는 여전히 구조되지 않는다 나는 꿈을 꾸지 않았다

폭죽

쏘아 올린 것들에 기대어 영원을 건너다보는 한 철이
었다

붉어져선 돌아오지 않는 것들을 마음이라 생각했고

그런 여름을 오래오래 겹살곤 했다

남은 것조차 냄새처럼 흩어지는 밤

아침이 오면 가을이 온다

늘 그랬다는 듯 하얗고 맑은 채로

모두 돌아오듯 오고야 말 것이라고

해변의 죽은 포말들을 주우며 생각했다

4부

방금 떠 온 하얀빛

풀장

나의 푸른빛은 어디로 사라졌을까

나는 즐겁지도 괴롭지도 않다

깨끗이 씻긴
투명한 몸만 남아서

온갖 색을 주워 담고 있는데

옛날엔 안 그랬는데

아무도 없는 볼 풀에서 함께
온몸이 붉게 젖도록 푸른 공을 던지고 놀았는데

볼품없이
품을 볼 없이
이제는

푸른 물 가득한 풀장에서 혼자
온몸이 붉게 젖도록 푸른 물에 젖기만 하는데

푸르지 않음만 남아서

그림자는 푸른빛에 가깝다고 믿으며
등지고 선 빛과 술래 잡는 생활

자꾸 나만 지는 밤

색 없는 공
공 없는 색

투명한 나의 볼

즐겁지도 괴롭지도 않음을
잊지도 못하고
자꾸만 쌓이는 공

푸른 하늘에 되던지는 나
터지는 풀장
쏟아지는 파랑

나의 빛은 어디서 나타났을까
나의 푸른빛은 왜 자꾸 푸를까

흘러가는 안녕들

친구가 죽었다

내려가는 열차엔 어떤 우연한 안녕이
있었지만
인사는 못 했고

명패도 채 달리지 않은 봉안함 위에
너무 오래 쥔 안녕이 들러붙는다

우리들은 붉어진 눈으로
가끔 울었다
웃기도 했다

올라오는 열차엔 수많은 안녕들이
풍선껌처럼 부풀어서
아무것도 들을 수 없고

침을 오래 또 자주 삼켰다

왜 모든 풍선껌들은 귓속말처럼 터지는지

입 주위에 붙은 말들을 떼어 내기 위해
애써 모아야 하는 눈맞춤들이 있다

옆자리에 앉은 여자는 생일
과일 맛 젤리를 꺼내 먹고
누군가의 친구도 오늘은 생일

너무 시끄러운 열차
단물 빠진 껌

각자만의 안녕과
때로 우연한 안녕들
때때로 돌아오지 않는 안녕들

그곳들은 내가 갈 수 없어서 늘 잘 있다
그러니 다음에 또 보자 말한다

안 버리는 밝은 마음

하늘이 맑아서
내가 가진 전부를 내다 버리고 싶어

나의 말을 네가 나누어 먹을 때
나는 너의 미래를 넘어다봐
너의 하늘은 구름 한 점 없이 맑으니
나는 늘 너의 미래에 가 있고

그곳의 표면을 오래 쳐다봐
눈으로 빛을 떠다
나의 표면에 칠해 보기도 하고

표면에는 늘 맺히는 것들이 있고
맺히는 것들은 하나 둘 하나가 되고
흐르기 시작하고
너와 내가 잠겨 있는 계절의 방식으로

우리에게서 건져 낼 수 있는 것은

방금 떠 온 하얀빛

표면이 녹아 하얀 반점이 생길 수도 있다는 거
기쁜 일이야

안 버리는 밝은 마음
하늘이 맑아서

하얀 구름
하나 둘 하나
나누어 길어 오는
성실하고 신실한 마음

너 없이도
안 맺히는 맑은 마음

무중력 거미

바닥에 기대어 앉아 거미를 본다 거미는 어제부터 있
다 나는 거미보다 빠르게 흐른다 거미는 꼼짝 않기 때
문이다 그것은 거미의 오랜 미덕이다

*거미는 거미줄을 뽑아 길게 늘어뜨려 하늘을 날 수
있다*

누울 자리를 보고 발을 뻗어야 한다
바닥에 기대어 앉아 나는 발 뻗지 못한다 버둥대는
다리로 어제들의 윤곽을 잇는다 나의 자리는 눈 감을
때만 보인다 그것은 나의 오랜 미래이다

무중력 상태에서 친 거미줄은 완벽한 대칭을 이룬다

하늘엔 중력이 너무 많다
눈 감은 바닥은 중력이 반대로 작용한다 나는 거미
가 된다 때때로 삶은 똑바로 선 물구나무 같다

무중력 상태의 거미는 빛이 있는 곳을 향해 머리를 둔다

하늘엔 빛이 너무 많다
그것은 나의 오랜 이유이다

나와 거미의 시간 모래시계 뒤집듯 뒤집히는

매일의 중력 매일의 낙차 그 아득한 무중력

유영하듯 바닥에 기대어 앉아 유예하는

오늘의 무중력 내일의 별자리
그것은 나의 오랜 거미줄

대적반

우주선을 끌어안고 목성에 갔습니다

나무에 매달린

태풍과 매미

목성에는 그런 것들이 있으니까요

발 디딜 데 하나 없는

저마다의 와류

언젠가 소용될 영원한 여름처럼

나는 궤도와 중력에 스치며

나날이 작아지고 있습니다

그러니 걱정하지 않으셔도 됩니다

나무를 재는

매미의 주기

나는 매일매일 여름으로 돌아오고 있습니다

물마루

여름의 복판에서 여름을 그리워하는 마음에는

무엇이 괴여 있길래 스스로를 넘어다보지 못하는지

괜한 연잎을 쓰고

꿈결에 맺힌 이슬의 수효를 헤아림

돌아올 예순네 가지 미래를 점쳐 보면서

넘실대는 시간의 마루에 누워 젖지 않는 생활

높은 곳에서 불어오는 나의 오랜 안부

개켜 놓은 기억처럼 겹겹이 표류하는

계절의 물마루

여름은 늘 다시 돌아올 것

괜하지 않은 마음으로

.

양생 중입니다

　주말에는 넓고 낮은 것들을 보고 왔습니다 누군가는
공원 누군가는 무덤이라 부릅니다만 그것은 중요하지
않습니다 날이 무척 더워 땀을 많이 흘렸습니다 호수는
보러 가지 않았습니다 고여 있는 것들은 슬프니까요 흐
르기 전에 닦아야 합니다 맺히는 족족 부지런히 닦아
냅니다 흐르는 것은 무섭습니다 그치기는 어렵고 고이
기는 쉬우니까요 그래서 넓고 낮은 것들의 한복판에서
자주 멈춰 서 있었습니다 닦아야 할 것들이 계속 생겨
났기 때문입니다 그러나 닦아도 닦아도 닦이지 않는 것
은 있습니다 나는 나를 무섭게 하는 것들을 생각하며
계속해서 걸었습니다 이를테면 일찌감치 찍혀 있는 발
자국 같은 것들 말입니다 그것은 누구의 발자국이었을
까요 나는 내일의 생활을 위해 그만 돌아와야 했습니다

　오늘의 생활을 위해서는 다시 횡단보도를 건너야 하
고요

　오늘의 가장자리는 양생 중입니다 누구나 덜 굳은 시

멘트에는 발자국을 찍고 싶기 마련이지요 횡단보도를
건너려다 말고 가만히 웅크리고 앉아 발자국에 골똘히
담겨 봅니다 내일은 비가 온다는데 비가 그치면 빗물이
고이겠지요 신발 모양의 물이 고이겠지요 물을 신고 걸
으면 넓고 낮은 것들을 지나 멈추고 닦은 것들을 지나
호수에 갈 수 있을까요 그치지도 고이지도 않고 호수에
첨벙 빠져 영원히 땀 흘리는 사람이 될 수 있을까요 발
자국에 대고 발을 내딛습니다 누구의 발자국일까요 그
것은 중요하지 않습니다 나는 덥고 축축한 여름의 마음
을 힘겹게 밀고 가기 시작합니다

어제와 내일 사이에서 어렵게 고이는 마음이 있습니다

건너지 않았으니 호수 같은 미래가 오겠지요 또다시
주말이 오고 여름이 오듯 무서운 미래가 건너오겠지요

오늘은 여름입니다 내일은 비가 온다고 하네요

데스밸리

　돌덩이를 내려놓기 위하여 돌덩이를 들어야 하는 것처럼 오늘이 가고 내일이 오고 하루를 밀고 가는 힘이 고여 있는 웅덩이 돌덩이를 내려놓을 곳이 있다면 그것은 그것대로 나쁜 일인 것처럼 오늘이 가고 내일이 오고 돌덩이를 들어 올리는 힘이 고여 있는 웅덩이 돌덩이가 앉아 있었던 것처럼 오늘이 가고 내일이 오면 천천히 내려앉는 그 모든 힘들을 위하여

올리브그린

물 대신 손가락을 찔러 넣습니다 두 마디면 충분합니다 흙은 초록을 증명합니다 초록은 나무가 나무를 견디는 방식입니다 나무가 흙을 껴안고 있습니다 초록을 꿈꾸기 위함입니다

나무가 나무를 견디는 가을입니다 가을엔 기침이 잦습니다 물을 마시지 않아도 그렇습니다

나무는 여전히 초록을 꿈꿉니다 나무가 초록을 꿈꾼다는 것은 초록을 견딘다는 것이거나 초록이 아님을 견딘다는 것이지만
나무는 나무이기를 멈추지 않습니다

물을 줄 때에는 듬뿍 주어야 합니다 그러나 자주는 안 됩니다 흙이 초록을 증명하지 않습니다

물은 화분을 통과합니다 바닥은 원래 물이 샙니다 나무는 물을 마십니다 가을엔 기침이 잦습니다 물을

자주 마셔도 그렇습니다

　물은 잎을 마르게 합니다 초록은 초록을 증명하지 않습니다 초록은 가을을 증명합니다 가을이 손가락을 타고 흐릅니다 나무는 나무를 뱉어 내지 못합니다

　과습입니까
　물은 기도를 통과해야 합니다 흙은 젖어 있습니다 나무는 가을을 껴안습니다 손가락을 모아야 합니다 나무가 할 기침을 내가 대신합니다 나는 나무를 뱉어 내지 못하지만

　기침은 기도의 형식이 됩니다 물이 손가락을 타고 오릅니다

　하나 둘,
　축축한 흙입니다

더미

삼킨 말은 도로 뱉어 낼 수 없다고

낙엽 더미
부스럭거리고

꽃을 물고 삼킨 말은
꽃의 기억을 가지고 있음을
기억할 것

그래서 나는 배부른 역사인 거고

지층처럼 누워
부스럭거리고

힘이 센
나의 역사들이
들이받는
나는 더미인 거고

곳곳에 낭자한 이름
자꾸만 묻는다

쏟아진 마음이라서 거기 있는 마음이라서

꽃을 뱉자
입을 닦자

바닥을 쓸자

주워 담을 수 없는 마음 포개어
이름 부르자

높고 배부른 가을 걸을 거라고

추상

잘 지내는지요
공연히 안부를 묻습니다

넉넉하여 쓸쓸한
하늘의 품에 마음들을 견주어 봅니다

열대어 같은 구름이 지납니다

얼마 지나지 않아 금세 헐거워지는 모양은
꼭 나의 품입니다

쉽게 헐거워지고
또 헐어지는 마음은
많은 속말들을 흘려 왔겠으니

부치지 않은 안부가 자꾸만
바닥을 쓸어다 보는 까닭은
높이 머무는 가을의 탓일 테니

열대어 같은 사람들
고개 숙인 익은 낱말들

떠 올리는 일은
지난 계절의 온 힘을 다하는
오늘의 소임입니다

쓸쓸하여 넉넉한
한 더미 낙엽
손바닥 같은 미래들을 읽는

넉넉한 분주함
분주한 쓸쓸함

서리 내리듯
잘 지내고 있겠습니다

농

묵은 겨울옷을 꺼냈다
그치지 않는 재채기

오늘이라는 계절을 생활하는 매캐함과

조그만 홀쩍임에도
꺼질 듯 춤추고
펄럭이는
나의 생활 나의 그늘

불꽃에는 그림자가 없다

실없이 흐르는 농담 같은 구름들

나는 흩어지지 않으려
손가락을 태웠고

불행이 아직 녹지도 않았는데

흐르다 만 시간을 떼어 낸다

좋은 사람과 좋은 삶

사람을 껴안는 모양이 삶이며
삶을 놓아주는 모양이 사람이라면

힘주어 껴안고서
아주 놓지는 않는
헐거운 자세로
삶을 뒤척여도 좋겠다

그치지 않는 그늘의 펄럭임은
흩어지지 않으려는 오늘의 안간힘

불꽃에는 그림자가 없다
불꽃에는 그림자가 없다

방 안 곳곳에 묻어 있는 나의 겨울들이
우스운 모양으로 굳고 있다

나의 열반 나의 윤리

왜 나는 타지 않는 손가락만 바라보고 있는가

술래잡기

숨이 보입니다 숨은 피어남과 동시에 흩어집니다

보이지 않습니다 투명이 쌓이면 하양이 됩니다 보이지 않습니다

숨이 차면 당신도 나도 볼 수 없는 것들이 있겠습니다 희고 밝겠습니다 볼 수 없는 것들이 하얗게 더해지겠습니다

숨을 고릅니다 하얀 나비가 웅크리고 있습니다 나비가 없는 빈 곳에 손을 대 봅니다 흩어진 나비가 사라집니다 늘 그랬습니다

차가운 숨을 들이마셔도 뜨거운 숨이 나옵니다 마음이 익는 방식입니다 그런 것들을 나비라고 부릅니다

희고 밝습니다 피어남과 동시에 흩어집니다 나비가 나는 방식입니다 그런 것들을 마음이라고 부릅니다

나비가 앉아 있고 나는 나비를 기다리고 있습니다 희
고 밝은 나비는 보이지 않습니다 흩어지는 것들은 사라
지기 위해 돌아옵니다 늘 그랬습니다

　숨이 보이지 않습니다 희고 밝은 것들이 빈 곳에서
날아오고 있습니다

구태여

내일은 시를 써야지

마음먹은 날이면 헤어진 사람들의 꿈을 꾼다

간밤에 갠 하늘은 너무 밝았고

작심과 작별의 다르지 않음에 대해
묵은 옛일을 떠나보냄에 대해

시작을 지어먹는 오후

헤어짐을 구태여 삼키는 데
들었던 그 모든 품들

눈으로 뒤덮여 희고 흐린 날에

쌓인 볕들을 일별함

빛의 끝

김태선(문학평론가)

빛의 끝

김태선(문학평론가)

"먼발치에 빛이 머문다"고 노래하며 빛을 보는 사람
이 있다. 이 풍경은 일견 단순한 모습으로 보인다. 먼발치
에 머무는 빛을 바라보는 사람의 존재를 드러낼 뿐, 특별
한 사건이나 복합적인 움직임이 일어나는 것으로 보이
진 않기 때문이다. 그러나 이 장면은 그저 응시하는 이
의 존재만을 드러내는 간단한 사태로만 머무르지 않는
다. 이 시집의 제사로 쓰인 레비나스의 말처럼,

"빛을 보기 위해서는 빛이 필요하다"* 그렇다, 빛을 보
는 일은 단지 한 인물의 행위나 상태에 속한 것만은 아
니다. 이미 수많은 관계 맺음과 상호 의존 가운데 이루
어지는 복합적인 사건이다. 빛을 보기 위해서는, 그 빛이
존재해야만 한다. 빛은 일반적으로 보이게 하는 원천이
지 보이는 대상이 아니다. 그러나 빛을 보는 순간 빛은
보이게 하는 원천이자 보이는 대상으로 존재하게 된다.

이렇게 빛을 보는 행위는, 빛을 자족적으로 머무르는
어떤 단자가 아니라 스스로 외재성을 띠는 가운데 존재

---

* 에마뉘엘 레비나스, 『전체성과 무한』, 김도형·문성원·손영창 옮김,
그린비, 2018, 282쪽 참조.

하는 사물로서 나타나도록 한다. 동시에 하나라고 여겨졌던 것으로 하여금 그것이 또한 다양한 차이로서 존재한다는 사실을 드러내기도 한다. 한편 레비나스의 말 중 "필요하다"라는 술어에서 엿볼 수 있듯, 빛을 보는 일은 또한 그 빛에 의존하며 관계를 맺는 일이다. 이는 존재하는 모든 것들의 실존적 조건을 노출하는 말이기도 하다. 모든 하나는 다른 하나와 관계를 맺는 가운데 존재하며 그 의미를 갖는다.

"먼발치에 빛이 머문다", 이렇게 시작하는 시에 이건우 시인은 「탐지견」이라는 이름을 붙였다. 탐지한다는 건 보이지 않는 것을 찾는 일이다. "빛이 꼬리를 흔들며 바짓단을 문다" 또는 "빛이 짖기 시작한다"라는 구절에서 우리는 이 제목이 지칭하는 대상이 무엇인지를 엿볼 수 있다. 그렇다, 빛은 어둠에 감싸여 있던 무언가를 드러나도록 한다. 그런데 이러한 사실은 또한 빛의 존재가 전제하는 것이 어둠이라는 사실을 밝히는 것이기도 하다. 빛을 보기 위해선 빛만 있어서는 안 된다. 태초에 빛이 있으라는 말과 함께 만물이 나타나게 되었지만, 이러한 일들을 비롯하게 한 것은 또한 그 앞에 있는 어둠이다. "먼발치에 빛이 머문다"라는 말은, 그 먼 곳에 또한 어둠이 자리한다는 사실을 일러 주는 것이기도 하다. 이때 "먼"이라는 말에는, 그 빛이 도달하는 곳이자 또한 떠나온 곳이라는 의미가 동시에 담겨 있다. 빛이 도달하는 일과 동시에 떠나오는 일이 함께 이루어져야만, 그 빛을 보는 일이 가능하다.

먼 곳의 빛을 바라보는 일은 또한 빛 이면에 자리한 어둠을 함께 보는 일이다. 이건우 시에서 노래하는 이의 시선은 이렇게 현상 너머에 있을 다른 측면에도 함께 가 닿는다. 이러한 모습은 이어지는 시 「어거스틴」에서도 만나볼 수 있다. 노래를 여는 말로 제시한 "8월의 빛은/ 늘 따라붙습니다"에는 한 행 건너 "중력처럼"이라는 표현이 이어진다. 중력이란 끌어당기는 힘이다. 그런데 이 힘이 끌어당기는 것은 비단 빛만이 아니다. "살고자 할 수록/검게 익습니다"라는 말처럼 살아가는 것들을 어둡게 만드는 움직임으로 이끌기도 한다. 이 점에서 중력 의 힘은 시간의 힘과 다르게 보이지 않는다.

집어 들고 읽습니다
돋보기를
그림자를

나무 그림자
무화과나무
그림자

열매

열매를 얻고자

등 뒤의 그림자

기다립니다

중력을

믿습니다

8월

잿더미의

저녁녘

—「어거스틴」 부분

　"살고자 할수록/검게 익"어 가기에, 빛으로 그 어둠을
가리는 일은 불가능할 터이다. 이 대목에서 「어거스틴」
이라는 이 시의 모티프가 된 『고백록』의 저자 아우구스
티누스의 이야기를 짧게 언급할 필요가 있다. 「어거스
틴」에서 노래하는 8월은 무화과가 익어 가는 계절이기
도 한데, 아우구스티누스가 바로 이 무화과나무 아래에
서 스스로를 반성하며 회심을 이루어 냈기 때문이다. 반
성한다는 것은 자기 자신, 특히 지나온 자기 자신의 과

거를 돌이켜 뉘우치는 일이다. 아우구스티누스는 지난 날 쾌락을 향했던 자신의 불타는 사랑을 회심한 이후 진리로 향하도록 하였다. 빛이 자기 자신의 그림자를 볼 수 없는 것처럼, 등 뒤를 온전하게 보는 일은 어쩌면 불가능한 것인지도 모른다. 그러나 고백한다는 것은 이렇 듯 밝힐 수 없는 어둠을 밝히는 일이다. 보이지 않는 그 어둠마저 보이는 것으로 드러내는 일이다. 이를 위해선 스스로 빛처럼 타올라야 할 터이다.

물론 타오른다는 것은 언제든 소진되기 마련이다. 빛 은 그 타오르는 순간에 나타나며 어둠을 밝히지만, 빛 의 끝은 어두워지는 곳으로 향할 수밖에 없다. 개체로 세상에 나온 것들은 모두 불연속적인 존재들이다. 때문 에 각각의 개체는 언젠가 자기 끝에 이를 수밖에 없는 운명에 놓여 있다. "살고자 할수록/검게 익습니다"라는 표현은, 물론 무화과 열매가 익어 가는 모습을 전하는 말이다. 그런데 이는 어둠에 이르게 될 존재하는 것들의 시간을 또한 펼쳐 보인다. 산다는 건 "열매를 얻고자" 하 는 일이기도 하지만 그와 함께 그림자에 이르는 일이기 도 하다. 열매라는 뜻을 지닌 한자 '果'에는 '해내다', '이 루다'라는 의미도 있지만, 원인으로부터 생긴 결말 즉 '끝', '마지막'도 가리킨다.

이건우 시의 목소리가 "집어 들고 읽"는 그림자란 그

렇게 존재하는 것들이 이르게 될 시간이자, 또한 그 시간이 가리키는 지나온 "등 뒤"이기도 하다. 이는 또한 빛이 이르게 되는 곳이자 그 빛이 떠나온 이면을 함께 살피려는 의지를 드러낸다. 이건우 시의 '나'는 "돋보기를" 들고 그곳을 본다. 돋보기는 그러한 곳들을 샅샅이 살펴보고자 하는 마음에서 비롯하는 것일 테지만, 이는 또한 빛을 모아 열을 내는 일, 즉 불타게 하는 일이기도 하다. 바로 이것이 빛을 보는 이들이 처한, 그리고 우리가 함께 속한 딜레마이기도 하다. 이런 가운데에서 시의 목소리는 "등 뒤의 그림자"를 "기다립니다/중력을/믿습니다"라고 말한다.

"등 뒤의 그림자"는 지나온 시간의 과오이기도 할 테지만, 또한 존재하는 것들의 현재와 미래를 이루는 바탕이기도 하다. 이를 기다린다는 건, 단지 지나간 시간을 반추하는 일에 머무르는 것이 아니라 그 지나간 시간으로부터 비롯된 다가올 시간을 향한 바람을 드러내는 일이다. 물론 중력과도 같은 시간의 흐름은 "갯더미의/저녁녘"이라는 소진될 수밖에 없는 한계에 대한 예감을 불러일으키곤 한다. 그럼에도 시의 목소리는 그곳에서도 "무화과가/익어 갑니다"라 노래하며 "더 쌓이지도/줄지도 않는" 어떤 균형을 본다. 개체가 자신의 한계에 이르더라도 그 끝은 단순한 허무가 아니라, 그로부터 비롯된 열매로 이어진다. 새로운 시간으로 넘어갈 수 있게 된다. 이 새로움을 위해 기꺼이 이건우 시의 '나'는 "등 뒤"에 놓아두었던 그 그림자를 앞으로 가져오려 하는 것일 테다.

물론 「어거스틴」의 화자가 전하는 기다림이란 '믿음'의 일이 될 수밖에 없다. 한 개체의 삶은 "거기에서 거기에 이르는/틈바구니"(「크림」)라는 과정 가운데 자리하는데, '끝'이라는 건 이 과정 가운데에서는 언제나 도래할 것으로만 머무르는 미래의 시간이기 때문이다. 그런데 "더 쌓이지도/줄지도 않는" 균형 가운데 있다 하더라도, 시간의 흐름 가운데에서는 언제라도 넘침이 생겨나기 마련이다. 이 넘침으로부터 모든 나타남과 마주침이 흘러나오기 때문이다.

크림이 흘러넘치고 있고
여기저기 쏟아지는 이름
커피를 마시기 위해서는
크림이 입술에 묻어야 하므로
나는 묻는다
저기
아무도 없나요

— 「크림」 부분

"여기저기 쏟아지는 이름"이라 하지만, 이 시 「크림」에서 그 이름의 정체는 알려져 있지 않다. 다만 시의 첫 문장 "커피가 거기서 거기지"라는 말에서 시작해, "아무도", "누구", "여기에서 저기까지", "아무의 것도 아닌"과 같은 형태로 모든 것이 지시는 되고 있으나 어떤 익명의 존재로서 출현할 뿐이다. 그럼에도 사건은 일어난다. 흘러넘치는 것에 가닿는 순간을 시의 목소리는 "커피를 마시기 위해서는/크림이 입술에 묻어야 하므로"라는 당위로 바꾼 후, 다시 이 "묻어야"라는 말을 '묻는다'라는 움직임으로 전환한다. 이렇게 흘러넘침과 가닿는 일은 어떤 존재를 호명하는 일로 나아간다.

"저기/아무도 없나요", 이 표현은 어떤 존재의 부재를 확인하는 문장의 형태로 제시되어 있지만, 이는 역설적으로 부재를 존재로 바꾸는 독특한 운동을 일으킨다. 그리하여 "여기/누구 있어요"라는 응답이 들려오게 된다. 이와 같은 움직임은 마치 빛을 통해 그 부재의 상태를 일컫는 어둠을 밝히는 것과 다르지 않다. 이는 존재하는 것을 나타나게 하는 놀라운 움직임을 전하는 것이기도 하지만, 또한 존재하는 모든 것들이 일시적으로만 실존한다는 사실을 일러준다. 가령 「결석」에서는 "없는 사람 누구야//손 들어 봐 없는 사람"이라는 엉뚱한 물음에 모인 사람들이 웃으며 그에 장난스레 응답하는 모습을 만날 수 있다. 노래하는 이는 이를 두고 "기포처럼 올라오는 손들"이라 표현한다. 기포처럼, 실존하는 모든 것들은 금방이라도 사라질 수 있다. 이 같은 인식에서 이 시의 '나'는 이 상황에서 웃을 수 없음을 고백한다. "아무도 보지 않는데//나는 내가 보여?"라고 묻기도 한다.

그런데 마치 기포처럼, 삶을 얻어 개체를 이룬 것들은 언젠가 다시 흩어지기 마련이다. 「마린스노」에서 노래하는 이가 바라보는 대상은 그처럼 눈처럼 흩날리는 바다눈 또는 마린스노, 즉 바닷속 유기체의 분해된 사체이다. 마린스노를 바라보며 노래하는 이는 "살아 있는 시체들의 낮//너의 꿈이었을까 나의 꿈이었을까"하며 묻는다. 존재하는 것들이 덧없이 스러져 가는 모습은, 아무리 견고하게 보이는 것이라 할지라도 언젠가는 사라져 버릴 것이라는 사실을 우리에게 각인시킨다. 그리고 이 꿈을 두고 '너'의 것인지 '나'의 것인지 묻는 대목은, 심지어 꿈을 꾸는 주체가 누구인지를 한층 더 모호하게 만든다. 그런데 모호하다는 것, 이는 하나와 다른 하나의 구분이 희미해지는 모습을 이르는 것이기도 하다. 하나와 다른 하나의 경계를 지워 불연속적인 것을 연속적인 것으로 바꾸어 내는 움직임이기도 하다. "살아 있는 시체들의 낮"이라는 말처럼, 이 대목에서 산 것과 죽은 것은 더 이상 대립되거나 떼어 놓을 수 있는 무엇이 아니라 서로 겹쳐 있는 것으로 나타난다.

> 오늘을
> 받아먹고 자라는
> 내일의 바다
>
> 너무 깊어
> 쌓이지 않는
>
> 눈 내리는
> 바다를 날고 있어
>
> 불시착한
> 고래는 너무 무거워
> 바다로 돌아가기에는
>
> ―「마린스노」 부분

그리하여 '내일'이라는 시간은 "오늘을/받아먹고 자라는" 모습으로 형상화된다. 이렇게 과거라는 시간은, 그리고 지난날로 이행하게 될 오늘이라는 시간은 어딘가로 흘러가 버리거나 사라져 버린 어느 한때를 이르는 이름이 아니라 도래할 때를 이루어 내는 자양분이 된다. 마린스노라는 지나간 시간의 이름은 오늘을 살아가는 동시에 앞으로 나타날 새로운 생명들을 자라게 하는 것이다. 그런데 이와 함께 이건우 시의 '나'는 또한 "바다로 돌아가기에는" 너무 무거운 "불시착한/고래"의 모습을 함께 노래한다. 여기서 "고래"는 마린스노가 되기 이전의 시간을 이르는 이름일 터이다. 이를 두고 "불시착한"이라고 전하는 데에서 어딘가를 향해 나아가다 좌초한 누군가의 꿈을 읽을 수 있다. 이렇듯 밝은 면의 이면에는 언제나 그림자가 자리한다. 이건우의 시는 이렇듯 빛을 보는 가운데에서도 난파된 것들의 목소리를 듣는다. 이렇게 "피어남과 동시에 흩어"지는 것들에 대해 살핀다. 이건우 시의 '나'는 "그런 것들을 마음이라고"(「술래잡기」) 부른다. 마음은 흩어지지만, 사라지기 위해 다시 돌아온다고도 한다.

이건우 시의 목소리들이 '빛'을 노래하는 까닭은 사라지기 위해 돌아오는 것을, 즉 마음을 살피고자 하는 바람에서 비롯된 것일 테다. 「베타 테스트」에서 표현한 것과 같이 "우리는 서로의 항로에서 길을 잃는 마음"이기에, 불가능해 보이는 그 소통에 온전히 이르고자 하기 때문이기도 할 것이다. 물론 "마주 보는 마음엔 완성이"

있을 수는 없다. 우리 모두는 과정을 살아가는 일시적인 존재자들이다. 때문에 언제나 하나와 다른 하나가 만나는 일에는, 그리고 마음을 나누는 일에는 언제나 시행착오가 일어나기 마련이다. 이 같은 불일치의 경험은, 때로는 '나'와 '너' 사이에 자리한 건널 수 없을 것처럼 보이는 깊은 심연을 만나도록 하기도 한다. 그럼에도 이건우 시의 '나'는 '너'에게 말을 건네며 나누고자 한다.

나의 말을 네가 나누어 먹을 때
나는 너의 미래를 넘어다봐
너의 하늘은 구름 한 점 없이 맑으니
나는 늘 너의 미래에 가 있고

그곳의 표면을 오래 쳐다봐
눈으로 빛을 떠다
나의 표면에 칠해 보기도 하고

표면에는 늘 맺히는 것들이 있고
맺히는 것들은 하나 둘 하나가 되고
흐르기 시작하고
너와 내가 잠겨 있는 계절의 방식으로
　　　　　　　—「안 버리는 밝은 마음」 부분

그렇게 "나의 말을 네가 나누어 먹을 때/나는 너의 미래를 넘어다"볼 수 있게 된다. 말을 나눈다는 건 단순히 의견이나 정보를 교환하는 일에 머무르지 않는다. 이는 서로의 존재를 나누는 일이자 삶에 참여하는 움직임이기도 하다. 지금 여기에서 이루어지는 소통의 움직임은 과거와 현재의 시간을 오갈 뿐만 아니라, 대화의 장에 참여하는 이들을 서로의 미래로도 함께 가닿을 수 있게 한다. "너의 하늘은 구름 한 점 없이 맑으니"라고 하는 데에서 엿볼 수 있듯, 「안 버리는 밝은 마음」에서 '너'는 '나'에게 그림자 하나 없는 존재로 현현한다. 그런데 이 대목에서 '나'는 "늘 너의 미래에 가 있고"라고 하는 가운데에서도 "그곳의 표면을 오래 쳐다봐"라고 할 뿐이다. '표면'이라는 바깥에서 마주하게 되는 경계에 머물러 있다는 건, 안으로 들어갈 수는 없었다는 사실을 일러 준다.

'나'와 '너', 우리는 모두 불연속적인 존재이기에, 서로의 존재에 온전히 참여하는 일은 불가능할지도 모른다. "그곳의 표면을" 오려 봄으로써 "눈으로 빛을 떠다/나의 표면에 칠해 보기도" 하는 등 소통의 노력을 기울이더라도, 결국 "표면에는 늘 맺히는 것들이" 있고, 그렇게 맺히는 것들은 눈물처럼 흐르기 마련이다. 그럼에도 「안 버리는 밝은 마음」의 '나'는 "우리에게서 건져 낼 수 있는 것"으로 "방금 떠 온 하얀빛"의 존재가 있음을 전한다.

'하얀빛'은 '나'와 '너'를 가로막는 표면을 녹이고, 건널 수 없으리라 여겨졌던 심연을 메우는 힘일 터이다. 이는 "눈으로 빛을 떠다/나의 표면에 칠"하는 과정과, "너와 내가 잠겨 있는 계절의 방식"을 견뎌 왔기 때문에 건질 수 있었던 힘이다. 눈으로 빛을 뜬다는 것은 본다는 것, 그리고 본다는 것은 그 봄을 통해 '나'를 바꾸어 내는 일이다. "내가 가진 전부를 내다 버리고"서 '너'에게 이르게 되는 일이다. 서로의 존재를 나누는 진정한 만남에 이르기 위해 버려야 하는 것, 떠나보내야 하는 것이 있다. 이 "투명의 바깥은 어느 모로 보든/무서운 것"(「등화관제」)일 수밖에 없지만, 이렇게 이건우 시의 '나'는 지나간 시간을, 헤어짐을 긍정할 수 있게 된다.

물론 헤어짐은 상실의 경험이기에, 그와 같은 사태를 겪는 이에겐 자신의 넘을 수 없는 한계를 인식케 하는 부정의 정서로 다가올 터이다. 특히 한 삶을, 또는 자신이 겪은 일들을 '꿈'이라 여기는 이에겐 모든 것들이 일시적인 것이자 사라질 것으로 표상되기에 그와 같은 감정은 자기 실존에 대한 궁극적인 물음을 낳기도 할 테다. 「아주 긴 폭죽 구경」에서의 화자가 폭죽이 끝나면 어디론가 사라지는 사람들을 보며 "사라지고 있는 것들이 사라지는 시간을 감시해야 한다"고 하는 일은, 그렇게 사라져 간 것들의 행방을 물으며 '나'의 미래 또는 끝에 다다르면 이르게 되는 것이 무엇인지에 대한 물음에서 비롯한 움직임일 것이다.

물론 존재한다는 것은, 한 삶을 산다는 것은 어딘가에서 어딘가로 흘러가는 과정 가운데 있는 일이기에 그 끝을 아는 일은 불가능할 지도 모른다. 때문에 "꿈을 꾸었다 말하면 사라지는 꿈을 꾸었다"고 하지만, 이 꿈은 "아주 긴 꿈"이어서, "끝나지 않는" 것이기도 하다. "나는 꿈을 꾸지 않았다"고 부정하더라도, 어쩔 수 없을 것이다. 다만, 이건우 시의 '나'는 그렇게 사라져 간 이들이 향한 곳의 저편에서 "아주 긴 깜빡임"을 본다. 모든 것들이 사라져 간 곳이라 여긴 곳에서도 돌아오는 것이 있다. 이렇게 돌아오지 않는 것들 가운데에서도 끊임없이 돌아오는 것들이 있다. 이 돌아오는 것들이 일으키는 "괜하지 않은 마음"(「물마루」)이 시인으로 하여금 시를 쓰게 한다.

내일은 시를 써야지

마음먹은 날이면 헤어진 사람들의 꿈을 꾼다

간밤에 깬 하늘은 너무 밝았고

작심과 작별의 다르지 않음에 대해
묵은 옛일을 떠나보냄에 대해

시작을 지어먹는 오후

헤어짐을 구태여 삼키는 데
들었던 그 모든 품들

—「구태여」 부분

　헤어진 이들에 대한 마음이 시인으로 하여금 시를
쓰도록 추동한다. 이렇게 마음먹는 일, 즉 "작심과 작별"
을 두고 이건우 시의 '나'는 서로 다르지 않은 것으로 바
라본다. 때문에 시를 쓰는 일이란 또한 그 "다르지 않음
에 대해" 생각하는 일이자 또 "묵은 옛일을 떠나보냄에
대해" 생각하며 마음 쓰는 일이기도 할 터이다. '작심作
心'은 또한 '작시作詩' 즉 '시 쓰기詩作'를 연상케 하는 말
이다. 무언가에 대해 생각하고 마음 쓰는 일이야말로 시
를 짓고 노래하게 한다. 시를 짓고 마음을 먹는 일이기
에, "시작을 지어먹는 오후"라 한다.
　그러나 무언가를 떠나보낸다는 건 쉽지 않은 일이다.

어떤 존재가 사라져 간다는 건 자연스러운 일이지만, 그와 같은 일들을 겪는 이에겐 일부러 애써 견뎌 내야 하는 사건으로 다가오기 때문이다. 이렇게 작별을 작심하고 시작한다는 건 "헤어짐을 구태여 삼키는 데/들었던 그 모든 품들"을 돌이켜 헤아려 보는 일이다. 헤어짐을 삼킨다는 것, 이는 또한 그 사라져 가는 움직임을, 바깥에 이르게 되는 숙명을 받아들임과 동시에 스스로를 외재화함으로써 그 흐름에 참여하는 일이기도 하다. 이러한 움직임은 "눈으로 뒤덮여 희고 흐린 날"이라는 상황처럼, 빛과 그림자가 한데에 뒤섞여 어우러진 모습과 다르지 않아 보인다.

이건우 시에서 노래하는 빛과 그림자가 겹치는 바로 이곳에서 "쌓인 별들을 일별"한다. 빛을 보며 그것이 떠나온 곳을, 다시 이르게 될 곳을 살핀다. 빛의 끝을 본다. 존재하는 모든 것들이 나와 다시 돌아갈 그곳을 헤아린다. 한 번 흘낏 봄으로써 일시적인 존재들을 그 순간에서 보고자 한다. 이렇게, 괜한 것들이 괜찮은 마음이 되도록 이건우 시의 목소리는 노래를 지어먹는 일을 멈추지 않을 것이다.

방금 떠 온 하얀빛

2025년 12월 31일 1판 1쇄 펴냄

지은이   이건우
펴낸이   김성규
편집   조혜주 최주연 권은하 한도연
디자인   신혜연
펴낸곳   걷는사람
주소   경기도 용인시 기흥구 동백중앙로 358-6, 7층 (본사)
            서울 마포구 월드컵로16길 51 서교자이빌 304호 (지사)
전화   031 281 2602 / 02 323 2602
팩스   02 323 2603
등록   2016년 11월 18일 제25100-2016-000083호

ISBN 979-11-7501-035-2 04810
ISBN 979-11-89128-01-2 (세트)

* 이 책 내용의 전부 또는 일부를 재사용하려면 반드시 지은이와 출판사의 동의를 얻어야
  합니다.
* 잘못된 책은 교환해 드립니다.